Wurzeln ohne Erde. Kurze Geschichten.

Sandra Hohmann

AF281732

Sandra Hohmann

Wurzeln ohne Erde

Kurze Geschichten

FSC
www.fsc.org
MIX
Papier aus ver-
antwortungsvollen
Quellen
Paper from
responsible sources
FSC® C105338

Bibliografische Information der Deutschen Nationalbibliothek:
Die Deutsche Nationalbibliothek verzeichnet diese Publikation in der
Deutschen Nationalbibliografie; detaillierte bibliografische Daten sind im
Internet über http://dnb.dnb.de abrufbar.

© 2016 2023 Sandra Hohmann

Herstellung und Verlag: BoD – Books on Demand, Norderstedt

ISBN: 978-3-7568-6046-3

Diese Geschichten sind zwischen 1999 und 2015 entstanden. Einzelne wurden u. a. in Literaturzeitschriften veröffentlicht, ehe sie 2016 erstmals als Sammelband erschienen sind.

INHALT

AUFBRUCH

Mein Großvater hatte einen kleinen Fischkutter in der Nähe von Laboe, ein kleines altes Boot, auf das er furchtbar stolz gewesen ist. Wir haben es uns vom Mund abgespart, hatte meine Großmutter immer gesagt, und mir dann erzählt, wie wenig Butter es gab und dass sie das Kartoffelwasser noch für das Gemüse später benutzt hat und Großvater sich anschließend damit die Füße wusch, ehe sie es an die Blumen und an die Gemüsepflanzen in ihrem kleinen Garten gekippt hat. Großvater nahm mich eines Tages mit auf einen Ausflug, jetzt ginge das ja problemlos, hatte er gesagt, früher konnte man nicht einfach so nach drüben. Er fragte mich, ob ich mich an die Geschichte erinnern würde, die er mir einmal erzählt habe, von seiner geheimen Bootsfahrt, und ich nickte eifrig. Gut, sagte er, er wolle mir nun endlich einmal zeigen, wo das ungefähr gewesen sei. Und er blickte mich, so fand ich, ein wenig streng an, als wolle er mein Erinnerungsvermögen prüfen. Aber Großvater hatte mir die Geschichte so oft, viel öfter als nur einmal, erzählt, sodass ich mich in allen Einzelheiten an sie erinnerte.

Die See war ruhig an dem Tag, an dem Großvater seinem Cousin und seiner Frau mitsamt dem Kind im Alter von drei Jahren dabei half, rüberzumachen. Anfang November. Leichter Nebel schien auf dem Wasser zu liegen, friedlich und ein wenig gespenstisch zugleich, so still, als sei man allein in der Weite und so undurchsichtig, als würden tausende Augen von einem feinen Schleier verborgen. Er ist nachts gefahren, natürlich sei er nachts gefahren, sagte er immer wie selbstverständlich, auch wenn ich lange nicht verstand, warum.

Er hatte das Boot langsam gegen die Küste treiben lassen, den Motor frühzeitig ausgestellt und gehofft, dass er bereits nah genug am Land war, dass er sich nur nicht verschätzt hatte. Insgeheim hatte er gebetet, dass er nur den Motor nicht nochmals anwerfen musste, um den Kurs zu korrigieren, denn das Geräusch eines knatternden Dieselmotors in der Stille der Nacht, auf dem weiten Meer ...

Großvater brach ab und schüttelte den Kopf.

Die drei – damit meinte Großvater dann wieder seinen Cousin mit Frau und Kind –, die drei hatten ein primitives Floß, selbst gebaut aus Holzplanken, dazu zwei Planken, mit denen sie paddeln konnten. Das Kind wollten sie auf dem Floß festmachen und so Großvaters Boot entgegenpaddeln.

Das war der Plan, manchmal schnaubte Großvater verächtlich, weil er den Plan später für so primitiv hielt, und ihm selbst blieb auf dem Boot nichts anderes übrig, als einfach nur zu warten.

Und während Großvater wartete, schwirrten tausende Gedanken durch seinen Kopf. Die Angst, dass er irgendwann, weit, viel zu weit von ihm entfernt, nur Schreie hören würde, verzweifelte Hilfeschreie, und er wusste nicht, ob es schlimmer gewesen wäre, sie hätten geschrien, weil das Floß kenterte, ihre Pullover und Hosen sich viel zu schnell mit kaltem Wasser voll gesogen und sie verzweifelt nach ihm gerufen, der sie doch noch vor dem Ertrinken bewahren würde – unmöglich wäre das gewesen, warf Großvater stets ein – oder weil sie erwischt worden wären, im Kegel einer Lampe grimmigen Gesichtern entgegengeschaut hätten, denen vielleicht jemand Bescheid gegeben hatte und die schon die ganze Zeit da gewesen waren, unsichtbar für ihn und für die drei auf dem Floß.

Ein seltsamer Laut durchdrang plötzlich die Stille, es war kaum auszumachen, aus welcher Richtung er gekommen war.

Großvater schaute sich nach allen Seiten um, wusste nicht recht, was er tun sollte. Den Motor starten, so schnell wie möglich wenden und wieder hinaus auf die See fahren? Seinen Cousin mit Frau und Kind zurücklassen, wo immer sie in diesem Moment auch sein mochten? Er suchte hektisch nach der Lampe, die er bislang nicht benutzt hatte. Ein einzelnes Licht auf offener See, eine wahre Einladung an alle tausend Augen, hinzuschauen. Hier und dort war der Nebel etwas lichter. Großvater strengte sich an, kniff die Augen eng zusammen, konnte es aber nicht genau erkennen. Küste war dort hinten zu sehen, das war klar, die kleinen, feinen weißen Kämme, die sich an Land schoben.

Großvater starrte angestrengt auf das Wesen, das sich dort hinten im flachen Wasser bewegte. Es war von der dunklen See kaum zu unterscheiden. Die Augen brannten vor Anstrengung. Großvater bibberte, weniger vor Kälte als vor Mühe und Angst. Vielleicht war es einer dieser Männer, die hier Wache schoben, fragte er sich? Aber welch ein Unsinn, warum sollte er bis über die Knie im Wasser stehen? Andererseits, man weiß ja nie, es gab viele Geschichten, die Großvater von drüben gehört hatte. Erneut dieses Geräusch, fast schon ein Klagen war es.

Großvater atmete tief ein und aus, sein Gesicht entspannte sich und seine Mundwinkel umspielte ein trauriges Lächeln. Es war ein Kranich, ein einzelner Kranich.

Großvater schüttelte den Kopf. Eigentlich sollte er doch schon fort sein, auf seiner Reise gen Süden, so wie alle anderen, die sich hier sich mit ihm versammelt und gewartet hatten. Großvater holte seinen kleinen Feldstecher, in der Dunkelheit war es keine sehr große Hilfe, doch er konnte schwach erkennen, dass vor dem Kranich, geradewegs vor seinen langen Beinen, etwas im seichten Wasser trieb, ebenso dunkel wie der Kranich, ebenso verschwommen wie das Meer. Federn konnte Großvater ausmachen, viele Federn.

In diesem Moment, Großvater hatte sich so sehr auf das Tier konzentriert, dass er alles um sich herum vergessen hatte, drangen von der Backbordseite Stimmen von einem kleinen Floß zu ihm hoch. Benommen holte Großvater die drei an Bord, gab ihnen Decken, umarmte sie. Er warf den Motor an, wendete rasch und blickte sich nochmals nach dem Kranich um.

Er hatte die anderen einfach ziehen lassen.

AUS DER FERNE

Früher, ich kann mich kaum noch daran erinnern, sang mir meine Großmutter Lieder vor, wenn ich bei ihr war. Mit ihren grauen Locken sah sie so alt aus, fand ich, wenn ich, auf dem Boden in der Küche sitzend, zu ihr aufschaute. Hinter ihrem Rücken befand sich die hellbraune Schiebetür, an die sie sich stets anlehnte, wenn sie sich so auf den Küchenstuhl setzte, dass die Stuhllehne rechts von ihr war und sie ihren rechten Arm darauflegen konnte. Wenn sie sang, schien mir ihre Stimme immer etwas zu hoch zu sein, aber ich lauschte stets gebannt und gab keinen Laut von mir oder keinen Mucks, wie sie sagte.

Kommt ein Vogel geflogen, ...

Manchmal sehe ich sie auch auf der Terrasse vor mir, auf einem alten Gartenstuhl und über eine große Plastikschüssel gebeugt, die vor ihr auf dem Küchentisch steht. Darin sind entweder Kirschen oder Erbsen oder Pflaumen, die sie entkernt oder öffnet, um sie entweder zum Essen zuzubereiten oder einzukochen oder einen Kuchen zu backen. Sind es Pflaumen oder Kirschen in der Schüssel vor ihr, dann haben sich die Finger beider Hände bläulich-rot verfärbt von dem Saft der Früchte. Geräte zum Entsteinen gab es entweder noch nicht oder sie hatten sich nie eines gekauft. Sie benutzte stets ein altes, kleines und schon recht stumpfes Küchenmesser, dessen Griff aus schwarzem Plastik war. Selbst die Spitze der Klinge war von der häufigen Benutzung schon ganz stumpf geworden und man konnte sie bedenkenlos anfassen.

... setzt sich nieder auf mein Fuß, ...

Ich starrte sie mit weit aufgerissenen Augen an, lauschte gebannt und war sehr bemüht zu verstehen, was sie sang. Der Vogel flog über das blaue Meer, stellte ich mir vor, er kam aus einer unbestimmten Ferne, aber mit einem sicheren Ziel.

... hat ein Zettel im Schnabel, ...

Dann und wann, so fand ich, hörten sich einige Worte in dem Lied nicht richtig an, doch ich hätte es niemals gewagt, meine Großmutter zu verbessern. Sie kannte das Lied schon so lange, da musste sie es doch bestimmt besser wissen als ich, dachte ich.

...von der Mutter einen Gruß.

Irgendwann einmal war sie weit gereist, das wusste ich, wenn sie es mir auch selbst nie erzählt hatte. Ihre Mutter war also vielleicht noch dort, wo sie herkam, dachte ich, und dann und wann würde sie ihr einen Gruß senden, um ihr zu zeigen, dass sie sie nicht vergessen hatte.

Lieber Vogel, fliege weiter, ...

Einen zarten, kleinen Vogel stellte ich mir stets vor, eine Meise vielleicht, mit einer schwarzen oder blauen Haube auf dem kleinen Kopf, der Zettel beinahe so groß wie der Vogel selbst, und ich bewunderte ihn zutiefst, weil er die ganze weite Strecke geflogen war, um seine Botschaft ans Ziel zu bringen.

... nimm ein Gruß mit und ein Kuß, ...

Es hatte nie ein Ende, dachte ich. Wann immer der arme kleine Vogel an sein Ziel gekommen zu sein schien, musste er sich erneut auf den Weg machen, musste zurück fliegen in die unbestimmte Ferne, um seine nächste Botschaft zu überbringen.

... denn ich kann dich nicht begleiten, ...

Sie blieb hier zurück. Ich blickte auf und sah in das runde, faltige Gesicht, sah die grauen Locken. Ich verstand nicht, warum sie nicht gehen konnte, warum sie den Vogel nicht einfach begleitete. Und es machte mich traurig.

... weil ich hier bleiben muß.

ERINNERUNGEN

Sie hatte Howe noch persönlich gekannt. Sicher, sie konnte sich kaum daran erinnern, schließlich war sie gerade erst sieben Jahre alt, als er starb. Aber es machte später durchaus Eindruck auf manche Leute, wenn sie diesen einen Satz sagen konnte: „Ich habe Howe noch persönlich gekannt!"

Der Satz beeindruckte Männer und Frauen gleichermaßen. Männer, weil sie zumeist den Erfindungsreichtum von Howe bewunderten und sicher auch mit einem gewissen Neid daran dachten, dass sie mit einem Schlag selbst hätten reich und berühmt werden können, dass sie sich hätten unsterblich machen können, wenn sie doch nur dieselbe Idee gehabt hätten wie er. Frauen hingegen schienen mit einer gewissen Bewunderung an Howe zu denken, weniger der Idee wegen als vielmehr um des praktischen Nutzens Willen. Dabei handelte es sich freilich um diejenigen Frauen, die das Glück hatten, nicht in einer Fabrik arbeiten zu müssen, sondern die zu Hause, ganz in Ruhe und oftmals auch nur zum Zeitvertreib, der Beschäftigung nachgehen konnten, wofür anderenorts die Frauen früh aufstehen mussten, spät nach Hause gehen und dennoch kaum Geld verdienen konnten. Gewiss, weder Männer noch Frauen bedachten zu jener Zeit, dass der technische Fortschritt eines Tages derart rapide vonstatten gehen würde, dass selbst ein großer Geist wie Howe bald schon in Vergessenheit geraten würde. Das bedachte natürlich auch sie selbst nicht, wenn sie wieder einmal, ganz am Rande eines Gesprächs natürlich, sagte: „Ich habe Howe noch persönlich gekannt!"

Selten wurde diese Randbemerkung nicht aufgegriffen, wurde nicht nach Einzelheiten gefragt und mit großen Augen bestaunt, was sie noch zu berichten wusste. Dass das meiste davon ihrer Phantasie entsprang, meine Güte, wer sollte das jemals merken? Sie konnten es schließlich nicht überprüfen, wenn sie von der engen Freundschaft ihres Großvaters mit dem Cousin von Howe berichtete, wenn sie erzählte, wie Howe auf Einladung ihres Großvaters hin einmal Deutschland besucht hatte, um an einer Festivität teilzunehmen, bei der er, natürlich, der Ehrengast war. Wer sollte ihr nicht glauben, dass ihr Großvater die Gelegenheit genutzt hatte, Howe dann noch die schönsten Orte in Deutschland zu zeigen, auch wenn das zu jener Zeit hieß, dass sie sich kaum aus Hamburg heraus bewegten, dass sie, so erzählte sie weiter, einmal an der Küste gewesen sind, um die großen Segelschiffe zu bewundern, die den Hafen verließen und wieder auf das offene Meer hinausfuhren. Das hatte ihr Großvater ihr wiederum auch nur erzählt, denn selbstverständlich wollten die großen Männer sich nicht durch die Anwesenheit eines siebenjährigen, etwas ungestümen Mädchen stören lassen. Wichtige Dinge hätten sie zu besprechen gehabt, erzählte ihr Großvater ihr später mit ernstem Gesichtsausdruck. Man hätte sogar hinter vorgehaltener Hand gemunkelt, dass ihr Großvater Howes Idee hier in Deutschland an Pfaff verkauft habe. Es sei eine lange Reise für ihren Großvater gewesen, von Hamburg nach Kaiserslautern, so hatte sie es gehört. Dort habe ihr Großvater einige Nächte mit dem alten Pfaff diskutiert, getrunken und gegessen, ihm geschmeichelt und schließlich tatsächlich eine stattliche Summe für den Verkauf von Howes Nähmaschine erzielen können. Ihr Großvater habe eine Provision von immerhin 20 Prozent für die erfolgreiche Vermittlung einstreichen können, und sie erinnerte sich vage, dass dieses eine Fest, auf dem sie im Alter von sieben Jahren

Howe begegnet war oder begegnet sein soll, dass eben dieses Fest anlässlich des Vertragsabschlusses gegeben wurde.

Natürlich wurde sie häufiger gefragt, wie er denn so gewesen sei, dieser Elias Howe, und sie schwelgte in den detailliertesten Erinnerungen, die man sich nur denken kann.

Ein Charmeur sei er gewesen, ein wenig kränklich hätte er vielleicht gewirkt, aber er habe ja auch Zeit seines Lebens hart arbeiten müssen, zumindest bis er seine Erfindungen verkaufen konnte. Sie flocht hier immer wieder die Geschichte ein, wie Howe als armer Mann aus Europa nach Amerika zurückgekehrt war, seine Erfindung in der Tasche, die er in Europa nicht hatte verkaufen wollen, weil sie allen zu teuer gewesen sei. Und kaum sei er, schon beinahe als gebrochener Mann, so wusste sie zu berichten, in Amerika wieder an Land gegangen, nach einer langen und mühseligen Überfahrt, da habe er zu seinem Entsetzen feststellen müssen, dass Isaac Singer es während seiner Abwesenheit tatsächlich geschafft hatte, sich an Howes Erfindung eine goldene Nase zu verdienen. Sie benutzte immer genau diese Formulierung, fand sie mehr als zutreffend und war sich auch in späteren Jahren nicht bewusst, dass diese Redewendung zumindest unglücklich oder gar beleidigend sein könnte.

Sie verteidigte Howe mit Klauen und Zähnen gegen Singer, ließ sich dabei in jungen Jahren gar zu einigen Äußerungen hinreißen, die nicht immer auf Zustimmung in der Familie stießen, ihr jedoch schnell einen sicheren Posten beim BDM einbrachten, kaum dass dieser gegründet worden war. Jedenfalls hielt sie diesen Posten für sicher.

Im BDM übernahm die Leitung einer Haushaltungsschule und wurde schnell Mädelgruppenführerin. Mehrmals in der Woche fand sie sich mit etwa zwanzig „Mädeln", wie sie stets sagte, in einem kargen Raum der örtlichen Volksschule zusammen. Ganze fünf Nähmaschinen hatte man dort aufstellen lassen, so dass reihum die Plätze gewechselt werden mussten, damit auch ja alle Mädel die Fertigkeiten des Maschinenähens lernen konnten. Den übrigen drückte sie Strick- oder Häkelnadeln in die Hände und dazu ein Muster, oder auch eine Rolle Stoff und entsprechende Schnitte für einen dunkelblauen Rock oder eine neue Uniformjacke. Sie selbst befasste sich fast ausschließlich mit den Mädeln, die an einer Maschine arbeiten durften, und überließ die anderen fünfzehn ihrem Schicksal. Das und der Umstand, dass sechzehn von den zwanzig Mädeln noch nie eine Nähmaschine gesehen hatten, trug dazu bei, dass eben diese Nähmaschinen bald sehr begehrt waren und nach drei Wochen der erste heftige Streit entbrannte.

Es war an dem Tag vor dem ersten Heimabend, den sie eigenverantwortlich leiten sollte. Alle Mädel setzten sich in den Kreis und schauten sie, ihre Gruppenführerin, erwartungsvoll an. Sie selbst fühlte sich, als würden ihr Tausende Ameisen über den Bauch krabbeln, der Mund war etwas trocken und die Hände dafür umso feuchter. Seit Wochen war sie damit beschäftigt, Bücher durchzusehen und Lieder zu lernen, um sich vor den Mädeln auch ja nicht zu blamieren. Schließlich hatte sie selbst erlebt, auf dem ersten Heimabend, den sie besucht hatte, wie peinlich es sein konnte, als Führerin vor einer Gruppe von Mädeln zu stehen und nicht den richtigen Ton zu treffen, wenn die Nationalhymne angestimmt werden sollte.

Nun stand sie mit einem aufgeschlagenen Buch vor ihren eigenen Mädeln und dachte plötzlich an ihren Großvater, wie er mit gemessener Stimme zu Weihnachten immer eine Geschichte vorgelesen hatte, und seine Kinder hatten ihn dabei ebenso bewundernd angeschaut wie seine Enkel.

Nun war die Reihe also an ihr. Die Eltern hatten ihr gut zugeredet gestern, hatten sie unterstützt bei der Suche nach Büchern und schließlich hatte ihre Mutter ihr sogar ein Buch geschenkt. Die Mutter hatte ihr eine Widmung hineingeschrieben – „Für mein großes Mädchen" – und ihr, obwohl sie doch schon 19 Jahre alt war, war vor lauter Stolz ganz warm geworden, während ihre kleine Schwester sie stumm angeschaut und den Mund verzogen hatte.

Nun hielt sie eben dieses Buch in ihren feuchten Händen und blickte in die erwartungsvollen Gesichter der Mädel. Ihr Halstuch rieb ein wenig an ihrer Kehle, sie hatte es wohl vor lauter Aufregung etwas zu eng zugezogen heute, doch sie bemühte sich darum, möglichst ruhig zu wirken. Mit leicht zitternder Stimme begann sie zu lesen.

„In einem alten Familienhause am Karmeliterplatz zu Mainz saß in der Nacht vom 25. auf den 26. Juli des Jahres 1792 der preußische ..." Sie stockte. Das nächste Wort. Sie hatte vergessen nach der richtigen Aussprache zu fragen. So oft hatte sie diesen Text zu Hause gelesen, damit sie ihn heute Abend nur fehlerfrei vortragen könne, aber sie hatte nie laut gelesen, sie hatte nie darüber nachgedacht, dass die Aussprache, die sie für sich in ihrem Kopf und ihren inneren Ohren gewählt hatte, wohl richtig sei. Ausgerechnet in diesem Moment, da sie ihren Mädeln gegenüberstand, denen sie Vorbild sein wollte und die nun, nachdem sie ins Stocken geraten war, schon etwas skeptisch dreinblickten, ausgerechnet jetzt befielen sie diese Zweifel. Sie musste einfach weiterlesen, sie konnte ihre Mädel jetzt nicht enttäuschen. „... Premierleutnant der Infanterie Hans Adam Echter von Mespelsbrun mit seiner Frau und seiner Mutter wachend am Bett seines schwerkranken Kindes."

Sie schaute verstohlen auf, die Mädel blickten sie wieder fröhlicher an und niemand hatte Anstoß daran genommen, dass sie den „Premierleutnant" mit ebenso langem „i" ausgesprochen hatte wie am Ende der „Infanterie". Sie beruhigte sich etwas und senkte die Augen, um weiterzulesen.

Sie überstand den Abend mit Bravour, die Mädel hatten sogar geklatscht, nachdem sie die Lesung beendet hatte, und voller Stolz reichte sie das Buch herum. Auf zahlreichen Bildern war zu sehen, welch sinnvolle Tätigkeit Frauen verrichten können. Die Mädel blätterten um und berührten voller Ehrfurcht die schwarz-weißen Hochglanzseiten. Keiner von ihnen fiel auf, was ihre Gruppenführerin gleich beim ersten Durchblättern mit einer gewissen Enttäuschung bemerkt hatte: Nirgendwo war eine Näherin abgebildet, als kleiner Ersatz konnte allenfalls das Foto einer Frau dienen, deren Tätigkeit das „Wickeln von Hochfrequenzspulen" war und die somit immerhin die Grundlage für die Arbeit jeder Frau lieferte, die an einer Nähmaschine arbeiten wollte. Sie griff dieses Bild dann auch gleich begierig auf und begann damit, ihren Mädeln von Elias Howe zu erzählen.

Schon in den Wochen zuvor hatte sie Andeutungen gemacht, dass sie mal eine berühmte Persönlichkeit gekannt habe, und die Mädel hatten neugierig ihre Augen geweitet, einige zumindest, sie jedoch erzählte zunächst nicht weiter, sei es, weil sie nicht damit prahlen wollte oder aber weil sie einfach noch nicht wusste, was sie weiter sagen sollte.

An diesem Heimabend jedenfalls, den sie, wie sie fand, bislang gut geleitet hatte, sprudelte es nur so aus ihr heraus. Sie erzählte von ihrem Großvater, erzählte die ganze Geschichte, die von Howe und die von dem Fest und die von der Überfahrt und von Howes Erfindung natürlich und dann auch von seinem Tod, der sie sehr getroffen habe, obgleich sie noch ein Kind gewesen war. Die Mädel schauten sie voller Bewunderung und auch mit etwas Neid an und wurden immer stiller. Längst war der große Streit vergessen, der sich genau einen Abend zuvor zugetragen hatte und in dessen Mittelpunkt eben Howes Erfindung, genauer gesagt eine seiner Erfindungen gestanden hatte.

Sie war gerade von einer Nähmaschine aufgestanden, an der sie selbstvergessen unter dem Vorwand gearbeitet hatte, den Mädeln die richtige Technik zeigen zu wollen. Noch ehe sie einen Schritt tun konnte, stand plötzlich eines ihrer Mädel vor ihr und berichtete freudestrahlend, dass ihre Eltern sich soeben eine eigene Nähmaschine bestellt hätten. Sie schaute das Mädel missbilligend an und hielt diese Erzählung für eine ausgemachte Lüge. Nicht einmal sie selbst, und ihre Eltern und vor allem der Großvater waren schließlich vermögend gewesen, nicht einmal sie selbst hatte es sich leisten können, eine eigene Nähmaschine für den Hausgebrauch zu bestellen. Zwar sparte sie schon seit Monaten dafür, legte Pfennig um Pfennig beiseite und manchmal, das durfte sie nur jemandem erzählen, verkaufte sie heimlich sogar eine der Blusen, die in der Haushaltsschule gefertigt worden waren. Dennoch fehlten ihr ganz genau noch zweiundvierzig Mark und sechzig Pfennige, vorausgesetzt, dass der Preis der Nähmaschine sich nicht veränderte. Einmal hatte sie den Abstand schon verringern können, da fehlten ihr nur noch knapp dreißig Mark für das ersehnte Gerät, doch dann erhöhte der Händler von einem Tag auf den anderen den Preis um fünfzehn Mark, und sie wurde fast um ein Jahr zurückgeworfen.

Mit wütendem Blick starrte sie das Mädel an, dessen Lächeln zusehend schwand und das sich keiner Schuld bewusst zu sein schien. Das wiederum machte sie noch wütender, erst diese schamlose Lüge des Mädels, das ihr unverfroren in die Augen schaute, während sie diese abstruse Geschichte erzählte, und nun hielt es ihrem grimmigen Blick auch noch stand und machte keinerlei Anstalten, sich für sein Fehlverhalten zu entschuldigen. Zwar wurde das Mädel doch zusehends unsicherer – es zupfte mit den Fingern an ihrer Bluse und drehte an den Knöpfen, ab und zu schaute es zu Boden, dann wieder auf, schluckte zwischendurch und wurde auch ein wenig rot –, aber das Mädel sagte nichts. Es sagte einfach nichts! Voller Wut zischte sie schließlich dem Mädel entgegen, dass es eine kleine Lügnerin sei.

Das Mädel blickte sie erschrocken an. Immer noch schien es sich keiner Schuld bewusst zu sein.

„W-was ...", stammelte das Mädel verwirrt, blickte sich hilfesuchend zu den anderen um, „i-ich habe doch nicht ..."

Die anderen Mädel schienen in ihre Arbeiten vertieft zu sein, keine drehte sich zu den beiden um oder schaute auch nur von den Stoffen und Schnitten auf.

Sie verzog ihre Mundwinkel zu einem spöttischen Lächeln und schaute auf das Mädel herab:

„Ich denke, ich sollte morgen einmal mit deinen Eltern sprechen."

Das Mädel musste nun schlucken und hatte sichtlich Mühe, die Tränen zurückzuhalten. Damit wandte sie sich von dem Mädel ab, setzte sich wieder an jene Nähmaschine, von der sie eben erst aufgestanden war, und vertiefte sich in die Arbeit.

Die Vorbereitungen auf den Heimabend, der am nächsten Tag stattfand, hielten sie davon ab, ihrer Verärgerung gleich Luft zu machen und die Eltern der kleinen Lügnerin zu besuchen. Zu sehr musste sie sich auf ihren ersten großen Auftritt vorbereiten, auch wenn ihre Gedanken dann und wann wegglitten und sie sich urplötzlich vor einer Haustür stehen sah. Sie hatte sich gut überlegt, mit welchen Worten sie den Eltern am nächsten Tag die Wahrheit über ihre Tochter erzählen wollte. Sie hielt nichts davon, um den heißen Brei zu reden, sie wollte es geradeheraus sagen und keine Rücksicht darauf nehmen, ob sie die Eltern vielleicht schockieren würde.

„Ihre Tochter ist eine Lügnerin, eine unverfrorene Lügnerin."

Die Frau, die ihr soeben geöffnet hatte, blickte sie verständnislos an. Natürlich kannte sie die Gruppenführerin ihrer Tochter, die auch gleich unbeirrt fortfuhr:

„Wussten Sie, dass Ihre Tochter die Lüge verbreitet, sie ...", an dieser Stelle blickte sie nach rechts und nach oben, das Vordach des Hauses wies kleinere Löcher auf, durch die in diesem Moment ein paar Wassertropfen nach unten fielen, und machte eine Handbewegung, von der sie dachte, dass sie alles erklären würde, „... sie hätten sich eine Nähmaschine bestellt." Sie schüttelte missbilligend den Kopf.

Die Frau blickte sie nach wie vor verständnislos an und machte keinerlei Anstalten, sie, die Gruppenführerin, hereinzubitten. Anstatt dessen zuckte sie fast gleichgültig mit den Schultern:

„Na und?"

Die Frechheit dieser Frau raubte ihr für einen Augenblick den Atem, dann spürte sie eine unglaubliche Wut in sich aufsteigen.

„Haben Sie denn gar nicht verstanden, was ich Ihnen gerade mitgeteilt habe? Ihre Tochter ..."

Sie hielt plötzlich inne. Ihr schien es, als würden ihre Füße so stark zittern, dass es ihren ganzen Körper erfasste. Erschrocken blickte sie an sich herab, blickte wieder auf, und ihr Gegenüber starrte mit aufgerissenen Augen zu irgendetwas empor, dass sich hinter ihrem Rücken zu befinden schien. Sie wollte sich umdrehen, begann sich im selben Moment zu fragen, ob es vielleicht gar nicht ihre Füße waren, die so sehr zitterten.

Was danach geschehen war, hatte sie vergessen.

SPURLOS

Sie war seit drei Tagen verschwunden. Alles war in die Wege geleitet worden, die Polizei war verständigt. Das hatte seine Mutter übernommen, dazu sei er nicht mehr in der Lage gewesen, sagte er. Als er noch am ersten Abend auf der Wache erschienen war, etwas fahrig und mit zitternden Händen, wurde er dort kurzerhand abgewimmelt. Er solle sich nicht aufregen, so etwas käme doch überall einmal vor, und sicher sei sie inzwischen schon wieder nach Hause gekommen und würde dort auf ihn warten. Er hatte gestikuliert, nach Worten gesucht und mit sich gerungen, wollte dem Beamten klar machen, dass bei ihnen nicht überall war, dass so etwas noch nie passiert sei und nie wieder passieren würde. Und erst Stunden später, als er die ganze Bedeutung dieses letzten Gedankens erfasst hatte, sackte er zusammen und schlug die Hände vor das Gesicht.

Er konnte diese Frage nicht mehr hören. Nein, sie hatten sich nicht gestritten, sagte er erst seiner Mutter, dann irgendwann ihrer Schwester, schließlich dem Kommissar und dann abermals seiner Mutter. Ihre Schwester nahm ihn nochmals beiseite, bat ihn eindringlich, doch nur Bescheid zu sagen, wenn er irgendetwas wüsste. Aber er wusste nichts.

Es hatte Stunden gedauert, die Telefonnummern ihrer Freundinnen ausfindig zu machen. Von manchen kannte er nicht einmal die Nachnamen, geschweige denn eine Anschrift. Es waren vier oder fünf, mit denen sie sich abwechselnd immer mal getroffen hatte. Er war selten mitgekommen, manchmal war sie deshalb etwas enttäuscht. Das hatte er ihrem Gesicht angesehen, wenn sie hoffnungsvoll gefragt hatte, und er dann etwas mühsam hervorbrachte, dass er lieber zu Hause bleiben würde. Er ging nicht gern aus, war nicht gern mit anderen Menschen zusammen. Dann kam er sich immer so schrecklich beobachtet vor. Wenn er sie manchmal doch begleitet hatte, saß den halben Abend mit den anderen Männern an einem Tisch, hörte den billigen Witzen oder langweiligen Geschichten zu, die sie sich erzählten, und nippte dann und wann an seinem Kaffee. Oft blickte er zu ihr hinüber, sie lachte dann immer gerade und warf den Kopf in den Nacken. Er wünschte sich dann, dass sie nur einmal zu ihm hinüberschauen würde, dass sie ihn anlachte oder ihm sogar einen Kuss zuwarf, wie sie das früher so oft getan hatte. Aber sie tat es nicht.

Die krächzende Stimme des Kommissars holte ihn aus seinen Gedanken zurück. Er hatte ihm am Vormittag schon umständlich erklärt, dass er eine Stimmbandentzündung hatte und noch nicht ganz wiederhergestellt sei. Dennoch sprach er viel, zu viel. Er fragte abermals, ob es noch jemanden gäbe, zu dem sie hätte fahren könne. Eine Freundin im Ausland, eine alte Liebe oder irgendein entfernter Verwandter. Es wusste nicht, zum wievielten Male an diesem Tag er den Kopf schüttelte. Ihre Eltern waren tot, schon ein paar Jahre, ein Autounfall hatte sie beide getötet, als sie gerade auf dem Weg zu irgendeiner Ausstellung oder Messe gewesen waren. Aber das würde doch ihre Schwester viel besser erklären können, meinte er müde, und zeigte mit der kraftlosen Hand in Richtung Küche, wo er ihre Schwester vermutete. Der Kommissar nickte stumm und wandte sich ab. Er verstand diesen Kommissar nicht, weder ihn noch die anderen, die Polizisten und Ärzte und Sanitäter und Freunde und Verwandte, die an diesem Tag schon durch das Haus gelaufen waren. Sie taten nichts, sie taten einfach nichts, was sie hätte zurückbringen können. Aber er war inzwischen zu müde, um sich darüber zu aufzuregen.

Es war an einem Dienstagabend. Sie hätte längst zurück sein müssen, hatte noch am späten Nachmittag von unterwegs angerufen. Sie war bei irgendeiner Besprechung, er konnte sich das meistens nicht merken, sie war in Frankfurt oder Hannover, vielleicht war es auch Kassel oder Stuttgart. Er wusste es nicht genau, und es war ihm auch nicht wichtig. Sie hatte von unterwegs angerufen, hatte gesagt, dass sie nun ihm Zug sitzen würde, dass der Tag furchtbar anstrengend und die Besprechung entsetzlich langweilig gewesen sei. Aber nun, so hatte sie hinzugefügt, sei sie ja bald wieder bei ihm, und darauf würde sie sich schon sehr freuen. Er hauchte einen Kuss in den Hörer, den sie nicht erwiderte, den sie nie erwiderte, wenn sie im Zug saß. Und dann hatte er begonnen, noch eine Kleinigkeit zum Abendessen vorzubereiten. Es war kurz vor fünf.

Er war müde, so müde. Die ganze Nacht hatte er sich von einer Seite auf die andere geworfen, war nie richtig wach geworden und nie richtig eingeschlafen. Im Traum wischte er sich den Schweiß von der Stirn und schlug die Decke zurück, um sie kurz darauf frierend wieder an sich zu ziehen. Er träumte von ihr, träumte von der ersten Begegnung im Museum. Doch anstatt sich wie damals lächelnd zu ihm umzudrehen, nach einem Gemälde zu fragen und dann eine Weile mit ihm zu plaudern, fragte sie ihn mit einem leisen Vorwurf: „Würde es Dir überhaupt auffallen, wenn ich eines Tages verschwunden wäre?" Er schreckte hoch, sah nach links auf die leere Hälfte des Bettes und schluckte trocken.

Er stieg in irgendeinen Zug, fuhr ein paar Stationen, manchmal auch nur eine einzige, und stieg wieder aus. Er lief im Zug von vorne nach hinten und wieder nach vorne. Die Bahnhofsvorsteher kannten ihn nach einigen Wochen. Er musste ein Vermögen für die Fahrkarten ausgegeben haben, tuschelten sie, wenn er an ihnen vorbei gegangen war. Zuvor hatten sie, wie immer, wenn er vorbeilief, nur kurz mit dem Kopf geschüttelt, zum Zeichen, dass sie die Frau, deren Bild er ihnen vor einigen Wochen gegeben hatte, immer noch nicht gesehen hatten. Er blieb inzwischen nicht mehr stehen, um mit ihnen zu reden. Zu Beginn hatte er sie noch eindringlich gebeten, auch wirklich genau hinzuschauen und sich sofort bei ihm zu melden, wenn sie hier auftauchen würde. Er hatte sich sogar ein Handy zugelegt, obwohl er diese Geräte bislang nicht hatte ausstehen können. Inzwischen war es ständig in seiner Nähe, und er schaltete es niemals aus., nicht beim Duschen, nicht beim Arzt, und erst recht nicht in der Nacht. Das Handy klingelte nie. Nicht ein einziges Mal, seit er es gekauft hatte, hatte dort jemand angerufen. Niemand hatte sie gesehen.

Seit ein paar Wochen hatte er jeden Tag mehrere Stunden auf der Brücke gestanden, unter der auf vier Gleisen regelmäßig Güterzüge vorbeifuhren. Er hatte mehrmals die Weichen gezählt, die er von der Brücke aus sehen konnte, fünf in der einen und sechs in der anderen Richtung. Manchmal, wenn ein Zug vorübergefahren war und sich schon etwas entfernt hatte, war ein Surren zu hören, gefolgt von einem leisen Scheppern. Eine Weiche war umgestellt worden. Er hatte nachgeschlagen. Eine Weiche bezeichnet in der Eisenbahntechnik eine bewegliche Schienenvorrichtung zur Verbindung von Gleisen, so hatte er gelesen. Es gab Rechtsweichen, Linksweichen, Innenbogenweichen, Außenbogenweichen, Kreuzungsweichen, Zweibogenweichen, Doppelweichen. Und der Teil einer Weiche, an dem sich beide Gleise trafen, war das Herzstück. Irgendwann wusste er, wann welche Weiche umgestellt wurde. Dann stand er auf der Brücke und beobachtete, wie sich das scheinbar unbeugsame Metall wie von Geisterhand geführt in Bewegung setzte und alles auf ein anderes Gleis lenkte.

VERFLOSSENES

Die Wellen der Streicher stürzen über ihnen zusammen, dumpf klingt das Unheil, ehe sich alles ein wenig beruhigt und aus der Ferne das Liebesmotiv ertönt. Alberich ist fort und mit ihm das Gold, das so schlecht von den drei Rheintöchtern gehütet wurde. Das Geheimnis hatten sie ausgeplaudert, leichtfertig und naiv, so sagt man. Ohne böse Absicht hatten sie den Nibelung zu ihrem Feind und zum Feind der Welt gemacht, er, der verschmäht worden war von den drei Schönen und nun auf die Herrschaft der Welt sinnt. Sie wissen nicht, dass Alberich selbst keinen allzu großen Schaden anrichten wird, dass er sich überrumpeln und einfangen lässt und den Ring alsbald wieder abgeben muss. Alles, was sie wussten, hatten sie bereits gesagt, hatten bereits verraten, worin die Macht des Goldes liegt. Gewarnt worden waren die beiden anderen von ihrer ältesten und, so sagen sie selbst, klügsten Schwester, doch an diese Warnung gehalten haben sich die Rheintöchter nicht. Sie hätten es nicht für möglich gehalten, dass jemals ein Lebewesen der Liebe abschwören würde, nur um an das Gold gelangen und den Ring schmieden zu können. Daran ist zu erkennen, so sagt man, dass sie naiv und unschuldig sind. Nicht einmal Worte haben sie zu Beginn, nur sich und das Wasser und die Laute des Wassers, das Wiegen und Wogen der Wellen. Sie gleiten, sie schwimmen, sie fließen.

Er war ihr zum ersten Mal aufgefallen, nachdem sich die Bühne mit rauschenden Wellen gefüllt hatte. Noch während die Zellophanfolie wogte und glänzte und das Spiel des Wassers zu imitieren suchte, ließ sie, ein wenig gelangweilt von der Aufführung vielleicht, den Blick durch den Zuschauerraum gleiten. Er saß zwei oder drei Reihen hinter ihr, genau konnte sie es im halbdunklen Saal nicht erkennen, ein wenig weiter links. Im Gegensatz zu ihr schaute er gebannt zur Bühne, hatte den Kopf etwas schräg nach rechts gelegt, seine Mundwinkel schien ein leises Lächeln zu umspielen. Sie zuckte zusammen, als Fricka plötzlich ihren Mann weckte, vorne, zwischen Blütenblättern auf dem Boden, während im Hintergrund das Bild einer grauen Burg erschien. Sie hatte den Text zwar zuvor gelesen, um nicht ganz unvorbereitet zu sein, jedoch konnte sie der Geschichte nichts abgewinnen, am allerwenigsten aber den Rheintöchtern. Naiv sollen sie sein, so sagt man, unschuldig und rein und ohne jeden bösen Hintergedanken. Sie konnte das einfach nicht glauben. Wenn dies nicht Berechnung und Hinterlist sein sollte, was denn dann? Ihr tat Alberich leid, eine nach der anderen entfleucht ihm, so sehr er sich auch bemüht und plagt. Sie konnte nicht einmal einen Hauch von Sympathie empfinden für diese Rheintöchter.

Als sie sich am Ende, nach zweieinhalb Stunden, wieder nach hinten umdrehte, war er verschwunden. Sie war enttäuscht, fast traurig, wie sie zu ihrer eigenen Verwunderung feststellen musste. Rasch erhob sie sich und eilte in das Foyer, lief einmal an allen Eingängen vorbei, jedoch vergeblich. Sie hatte sich, irgendwo zwischen der Fertigstellung des Tarnhelms und der Verwandlung Alberichs in eine Kröte, fest vorgenommen, ihn abzufangen und irgendwie ein Gespräch mit ihm zu beginnen. Doch er war ihr entwischt.

EIN WINTERURLAUB

Langsam schloss er die Tür der Ferienwohnung hinter sich, ging schleppend durch das Treppenhaus nach unten und öffnete die schwere Tür, hinter der ihn der immer dichter werdende Nebel an diesem kühlen Dezembernachmittag erwartete. Er zog den dunkelblauen Wollschal noch ein wenig enger und streifte sich die Handschuhe über. Dann ging er mit gesenktem Kopf in Richtung Strand. Er überlegte, wie häufig er diesen Weg schon gegangen war, ein kleines Stück noch über den gepflasterten Platz, auf das Hotel zu, in dem sie so häufig gesessen und mit Blick auf die Nordsee Fisch gegessen hatten. Dann rechts abbiegen und die schmalen Stufen empor zur Deichkrone, links entlang und nach einigen Metern wieder hinab zum Strand, zu den winzigen Düne, hinter denen er und Jasmin sich so häufig lachend in den Sand hatten fallen lassen und eine Weile den Himmel betrachtet und dem immer näherkommenden Meer gelauscht hatten. Er schüttelte verärgert den Kopf, stieß einen leisen Fluch aus. Warum war Jasmin nur so launisch? Seit Wochen hatte er sich auf den gemeinsamen Urlaub an der Nordsee mit ihr gefreut, in dem kleinen Ort, in dem sie schon so oft eine Wohnung gemietet und ein paar wunderbare Tage verbracht hatten. Und dann hatte sie einfach so gesagt, er könne alleine fahren, sie würde nicht mitkommen. Nein, sie hatte es eher geschrien als gesagt, nach diesem lauten Streit vor zwei Tagen, als sie wegen einer dieser Kleinigkeiten erst diskutiert, dann gestritten und sich schließlich angebrüllt hatten. Kleine Probleme gab es häufig, manchmal etwas zu häufig für eine harmonische Beziehung, fand er, aber so heftig wie vorgestern war es noch nie gewesen. Er dachte an die Vorwürfe, die Jasmin ihm gemacht hatte, ärgerte sich über die Beleidigungen, die er ihr aus seiner Verletztheit heraus entgegengeschleudert hatte und schämte sich, weil er schließlich noch ein Buch in die Hand genommen und es beinahe nach ihr geworfen hatte. Endlich spürte er den feinen Sand unter seinen Füßen, blickte erneut kurz auf und hielt Ausschau nach dem Wasser, das nach der Ebbe langsam wieder in Richtung Land kroch. Dann blieb er einen Moment stehen, zögerte kurz. Sollte er nun in Richtung des Cafés laufen, in dem er und Jasmin sonst immer den ersten Tee, manchmal auch den ersten Friesengeist bestellt hatten? Er schluckte, fühlte sich ein wenig verloren und ging dann in die entgegengesetzte Richtung, zu den kleinen Dünen, dem hohen Gras. Missmutig stampfte er durch den Sand, schaute zu Boden, blickte dann und wann auf ein leeres Schneckenhaus und war in Gedanken versunken. Es dämmerte langsam und der wabernde Nebel tat sein Übriges, um die Sicht immer schlechter werden zu lassen. Er schaute wieder kurz auf, stutzte einen Augenblick, dann schüttelte er den Kopf.

„Lächerlich!", murmelte er vor sich hin. Der Nebel schien ihm vorzugaukeln, dass dort hinten, an einer der kleinen Dünen, die so gerade noch zu erkennen waren, ein Mensch saß. Dennoch verlangsamte er unwillkürlich den Schritt, beobachtete aus den Augenwinkeln, ob sich dieser Umriss bewegen und gleich in eine Nebelschwade auflösen würde. Aber nichts dergleichen geschah. Je näher er der Gestalt kam, desto eher sah es nach einem Menschen aus, in einer dicken Jacke, etwas unförmig, aber ein Mensch. Er blieb ruckartig stehen, schluckte und blickte sich um. Weit und breit war niemand zu sehen. Er schaute wieder nach vorne. Ein Mensch, dort an der Düne lag tatsächlich ein Mensch. Dessen war er sich nun ganz sicher, griff mit der rechten Hand nach dem Handy in seiner Jackentasche. Ging dann langsam weiter. Schritt für Schritt, ganz vorsichtig. Blieb erneut stehen, schluckte abermals. Unter einer dunkelbraunen, beinahe schwarzen Winterjacke zeichneten sich die Konturen einer Frau ab. Schmächtig, lange braune Haar wallten hervor, die Arme nah am Körper. Ein weiterer Schritt. Am Finger der Frau ein Ring, silbern, breit, mit einer auffälligen Gravur. Er schluckte trocken, spürte den Kloß in seinem Hals, hob dann langsam seine Hand vor das Gesicht und schaute auf denselben Ring, silbern, breit, und mit auffälliger Gravur. Starrte erneut zu der Frau, deren Gesicht von ihm abgewandt war, wagte es nicht, weiterzugehen, rang nach Luft und zog zitternd das Handy aus seiner Jackentasche. Ließ es fallen, bückte sich, ohne den Blick von der Frau abzuwenden, hob es wieder auf und drückte mit zusammengebissenen Zähnen den Notruf.

Der Polizist hatte ihn zurück in die Ferienwohnung begleitet, saß ihm gegenüber auf dem dunkelblauen Sofa und sah ihn schweigend an. Die Frage, vielmehr der Vorwurf stand im Raum. In seinem Kopf schwirrten tausend Gedanken und gleichzeitig herrschte eine abgrundtiefe Leere. Ob es einen Streit gab, hatte der Polizist gefragt. Er dachte nach, wurde nervös, dann war ihm wieder alles gleichgültig. Jasmin war tot. Weiter konnte er nicht mehr denken. Jaja, hatte er dann gemurmelt, ein wenig schuldbewusst, ein wenig ungeduldig, zu Hause hätte es einen Streit gegeben, deshalb sei Jasmin ja auch zu Hause geblieben. Ein skeptischer Blick, eine hochgezogene Augenbraue. Der Polizist schien ihm nicht zu glauben, dachte er fassungslos und fragte sich, wie man nur so pietätlos sein konnte. Er wurde ein wenig wütend, seine Wangen röteten sich, das spürte er, während er hervorpresste, er solle doch bei den Verwaltern der Ferienwohnung nachfragen. Der Polizist nickte nur wortlos, schaute sich kurz in der Wohnung um und machte dann endlich Anstalten, wieder zu gehen. Ob er ihn denn allein lassen könne, fragte er im Aufstehen, er könne ihm einen Psychologen oder er könne auch in einer kleinen Pension, dort seien auch noch andere Gäste, falls ihm nach Gesellschaft wäre. Er schüttelte nur den Kopf, griff hektisch nach der Schachtel Zigaretten. Allein sein. Das sei schon in Ordnung.

„Was denken Sie?"

Die hoch gewachsene Frau blickte auf ihre Notizen, schien kurz abzuwägen, dann schaute sie den Polizisten fragend an.

„Die Beweise sind eindeutig, nehme ich an?"

Er nickte.

„DNA-Test, Übereinstimmung und keine anderen Spuren. Von der Aussage der Wohnungsverwalterin ganz zu schweigen, die Dame hat ja gleich gesagt, dass ihr auf dem Parkplatz eine unbekannte Frau entgegenkam und zu dem Haus mit der Wohnung Nummer 13b ging. Und Gäste sind zu dieser Jahreszeit nun einmal selten, da lag der Verdacht nah, dass Jasmin Krüger bereits kurz nach ihrem Lebensgefährten am Urlaubsort angekommen war."

Er schaute die Frau erwartungsvoll an.

Diese nickte kurz, blätterte nochmals in ihren Notizen und war dann sehr bestimmt.

„Abgesehen von den Aussagen und den DNA-Spuren", sie machte eine abwiegelnde Handbewegung, „er hat von seiner

Freundin Jasmin nur sehr positiv gesprochen, zu positiv, fand ich. Als wolle er etwas wiedergutmachen. Es muss eine totale Ausnahmesituation gewesen sein, eine Eskalation innerhalb von wenigen Augenblicken. Ich nehme an, dass es den Streit zu Hause tatsächlich gegeben hat. Dann ist Jasmin ihm aber heimlich gefolgt, vermutlich wollte sie ihn überraschen, und das hat dann ja auch im ersten Moment geklappt. Sie sind gemeinsam zum Strand hinuntergelaufen, wie schon in den letzten Jahren, denn sie waren ja häufig Gast hier. Am Strand muss dann etwas passiert sein, vielleicht hat sie noch mal über den Streit reden wollen oder ihm sonst irgendeinen Vorwurf gemacht, bei dem ihm die Sicherungen durchgebrannt sind. Er hat sie dann im Affekt erwürgt, das hat ja die Obduktion ergeben." Sie seufzte. „Allerdings glaube ich ihm, dass er sich im Moment nicht mehr an diese Situation erinnern kann. Er bereut es zutiefst. Aber das ändert natürlich nichts mehr."

Der Polizist nickte stumm und sah durch den venezianischen Spiegel zu dem Mann, der zusammengesunken in dem kleinen Verhörraum saß.

„Dann kümmere ich mich jetzt um den Haftbefehl."

ZWISCHENRÄUME

Alles schien weit weg zu sein. Die Menschen, die sich um sie versammelt hatten, nahm sie nur als Schatten war, die sich vom Horizont her auf sie zu und wieder weg bewegten. Manchmal flüsterten, meistens schwiegen sie.

Es war schnell gegangen. Letzten Endes war es schnell gegangen. Das war das letzte, was sie gestern gedacht hatte. Danach hatte sie sich entfernt.

§ 13 Größe der Grabfelder

Die Grabfelder haben folgende Maße (einschließlich Grabstein):

Urnengräber: Länge: 70 cm, Breite: 50 cm, Abstand zwischen den Gräbern: 60 cm

Familienurnengräber: Länge: 180 cm, Breite: 100 cm, Abstand zwischen den Gräbern: 60 cm

Reihengräber: Länge: 180 cm, Breite: 110 cm, Abstand zwischen den Gräbern: 60 cm

Familiengräber: Länge: 200 cm, Breite: 200 cm, Abstand zwischen den Gräbern: 60 cm

Kindergräber bis zu 5 Jahren im gesonderten Grabfeld: Länge: 90 cm, Breite: 50 cm, Abstand zwischen den Gräbern: 60 cm

Aus der Ferne sah es hübsch aus, hübscher als aus der Nähe. All die Blumen, die verschiedenen Farben. So viele bunte Kleckse vor einem grünen Hintergrund. Und die Stofffetzen mit den gold- und silberfarbenen, selten auch weißen oder schwarzen Schriftzügen waren auch gar nicht mehr zu erkennen.

Ihr erschien es ungehörig, dass die Toten sich so nah sein mussten. Eine künstliche Nähe, die sie zu Lebzeiten niemals gehabt hatten, von der sie nicht einmal wusste, ob sie sie jemals zu ihm gehabt hatte.

Neben ihm, so flüsterte eine der Stimmen, sei eine sechzigjährige Frau begraben worden, die von ihrem Mann vergiftet worden war. Die Stimme konnte nicht begreifen, dass man sie dennoch in einem Familiengrab beerdigt hatte und ihr Mann – der Mörder!, wie eine andere Stimme ausspie – irgendwann direkt neben ihr begraben werden würde. Sie nahm diese Stimmen aus der Ferne wahr, fragte sich, ob es einen Unterschied machen würde, wo doch auch er nun fast direkt neben dieser Frau lag, wo doch alle so nah beieinander lagen, dass es keinen Unterschied mehr machte, wer jemanden vergiftet hatte und wer nicht. Es war doch jetzt eigentlich ein einziger riesiger Körper.

Sie stand inmitten dieses Körpers, schaute nochmals aus der Ferne durch die Reihen bis zu jenen frischen Blumen.

Die Entfernung, die im Laufe der Jahre entstanden war, machte es einfacher für sie. Hatte sie gedacht.

Inzwischen waren alle Stimmen verschwunden. Sie war allein mit dem stummen Körper und wusste nicht, was sie zu ihm sagen sollte.